閱讀123

國家圖書館出版品預行編目資料

波波麗珍珠奶茶店2：網紅網紅變變變／亞平 文；POPOLAND 波寶島 圖 -- 第一版. -- 臺北市：親子天下股份有限公司, 2024.02
129 面；14.8x21公分. --（波波麗珍奶店；2）
（閱讀123；102）
ISBN 978-626-305-670-1（平裝）
863.596　　112021336

閱讀123系列 —— 102

波波麗珍奶店
網紅網紅變變變

作者｜亞平
繪者｜ POPOLAND 波寶島
系列企劃編輯｜陳毓書
責任編輯｜蔡忠琦
特約編輯｜廖之瑋
美術設計｜思　思
行銷企劃｜翁郁涵

天下雜誌群創辦人｜殷允芃
董事長兼執行長｜何琦瑜
媒體暨產品事業群
總經理｜游玉雪
副總經理｜林彥傑
總編輯｜林欣靜
行銷總監｜林育菁
資深主編｜蔡忠琦
版權主任｜何晨瑋、黃微真

出版者｜親子天下股份有限公司
地址｜台北市 104 建國北路一段 96 號 4 樓
電話｜（02）2509-2800　傳真｜（02）2509-2462
網址｜ www.parenting.com.tw
讀者服務專線｜（02）2662-0332　週一～週五：09:00~17:30
讀者服務傳真｜（02）2662-6048　客服信箱｜ parenting@cw.com.tw
法律顧問｜台英國際商務法律事務所・羅明通律師
製版印刷｜中原造像股份有限公司
總經銷｜大和圖書有限公司　電話：（02）8990-2588

出版日期｜ 2024 年 2 月第一版第一次印行

定價｜ 320 元
書號｜ BKKCD164P
ISBN ｜ 978-626-305-670-1（平裝）

訂購服務
親子天下 Shopping ｜ shopping.parenting.com.tw
海外・大量訂購｜ parenting@service.cw.com.tw
書香花園｜台北市建國北路二段 6 巷 11 號　電話（02）2506-1635
劃撥帳號｜ 50331356　親子天下股份有限公司 www.parenting.com.tw

波波麗珍奶店

網虹網紅變變變

文 亞平　圖 POPOLAND 波寶島

目次

一 白小姐黑小姐，誰是美麗的空中小姐？……6

各有特色的黑白小姐……8

到底誰會考上呢？……18

有特色的飲料……30

意外發生……42

二

一隻名叫網紅的貓……66

網紅的目標……68

喵喵喵的網紅世界……80

小命重要還是拍照重要？……102

阿拉拉城市報

國際書展將於城東博覽中心舉行

一年一度的阿拉拉國際書展，將於2月20日－2月25日在城東博覽中心舉行，這次書展計有上百家出版社參展，是歷年來規模最大的。為吸引小朋友參加，每日下午三點有免費的兒童劇表演活動，由最受歡迎的「香蕉芭樂」劇團演出。書展期間，還有「最可怕的書」票選活動，只要參加票選，就可以抽獎得到「最可怕的書」喔。歡迎大家蒞臨參加。

城東少棒隊贏得少棒冠軍

第十屆少年棒球賽，昨天打出了一場精采球賽。城東少棒隊靠著再見全壘打，演出逆轉秀，以3比2，氣走城北隊，拿下冠軍。獲得本屆明星球員的是城東隊的熊灰灰，他表示，如果不是全體隊員上下一心，團結合作，一定沒辦法發揮實力。他會繼續努力，朝棒球之路邁進。

阿拉拉城市報 ALALA CITY NEWS

城市溫度

15－18度
晴朗舒適

雲況	風向／舒適度
多雲	東北風／涼爽

紫外線指數 **1級**

美術館驚傳失竊，鼴鼠竊盜集團再度犯案！

美術館驚傳失竊案件，13個正在展出的珍貴骨瓷盤子，竟然不翼而飛。警方經過搜索，已採得13枚清晰的指印。經研判，有可能是「鼴十三竊盜集團」再度犯案。警方已經全力追查中。

本期爆紅美食推薦

一隻腳章魚燒

圓形的章魚燒上，倒插著一隻章魚腳，這樣的章魚燒，你敢吃嗎？

不用害怕，章魚燒外酥內嫩，料滿實在；章魚腳是煙燻過的，充滿大海的氣息，再淋上美味醬汁，喔喔，說有多好吃就有多好吃。

每個月只有13號開門營業一天。就在石頭街99巷99號。想吃肥嫩章魚的可不要錯過了。

版主強烈推薦！

一 白小姐黑小姐，誰是美麗的空中小姐？

波波麗珍珠奶茶店
POPOLI

各有特色的黑白小姐

得到「城市盃珍珠奶茶大賽」第一名的頭銜後，波波麗的生意蒸蒸日上。

一個忙碌的早上，奶奶接到了一通奇怪的電話。

「鈴——」奶奶接起電話：

「喂，波波麗，請問要點什麼飲料？」

「今天不點飲料。你們家的小豬珍珠抄襲了我兒子的長相，我要投訴。」客人的聲音有些低沉。

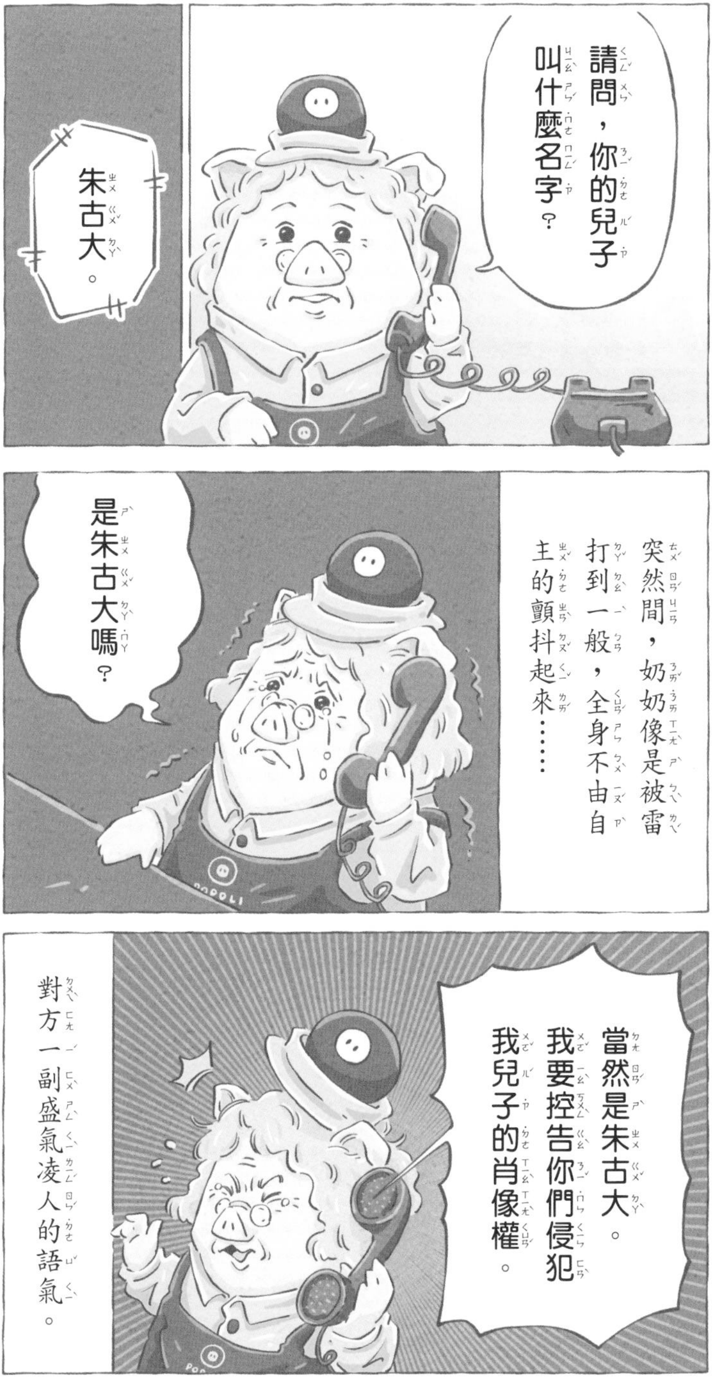
請問，你的兒子叫什麼名字？
朱古大。
突然間，奶奶像是被雷打到一般，全身不由自主的顫抖起來……
是朱古大嗎？
當然是朱古大。我要控告你們侵犯我兒子的肖像權。
對方一副盛氣凌人的語氣。

沙沙眼尖，一看到奶奶有些不對勁，馬上接過電話，問清楚來意後，接著問：

「請問你家朱古大幾歲？」

「一歲大。是隻可愛的小小豬呢！」

「請問他是摺耳豬嗎？」

「當然不是。」

我們家的小豬珍珠耳朵上都有摺耳的標記，
是參考摺耳豬「朱古大」的長相製作出來的。
你應該是弄錯了！

氣憤的掛上電話，沙沙馬上安慰奶奶：「奶奶，又是一個詐騙的，他不是摺耳豬，更不可能是朱古大了？」

「我當然知道這有可能是騙人的。但是，只要提到朱古大，我就忍不住想哭——」

「奶奶，現在不是哭的時候。看，白小姐來了，所有的客人也都陸續進來了，你擦擦淚，快來招呼他們吧。」

奶奶點點頭，轉過身去整理自己。

再轉回來時，她吸口氣，面帶微笑的寒暄。

10:00
白小姐早，看到你就知道現在是早上十點鐘了。
珠奶奶早。

「今天的飲料還是老樣子，水蜜桃牛奶冰沙，是嗎？」

奶奶對亞亞比了個手勢後，和白小姐聊起天來：「空中小姐的考試快到了吧？」

「下個月15日。」

「我想，你一定會順利考上的。」

「謝謝您，珠奶奶。」

亞亞送上飲料後，白小姐就離開了。十分鐘後，黑小姐來了。

10:10
黑小姐早，看到你就知道現在是早上十點十分了。
珠奶奶早，愛您、愛您。

「好，好，小烏鴉，我也愛你。今天的飲料還是老樣子，葡萄牛奶冰沙，對吧？」

「對。考試快到了，我好緊張啊。」黑小姐緊握著雙手說。

「放心，你那麼努力，一定考得上的。」

「奶奶真好，托您的福，我一定榜上有名。」

「好甜的小嘴巴。」

拿到飲料後，小烏鴉送來幾枚飛吻，這才快步離去。

忙完了白小姐和黑小姐的飲料，沙沙亞亞知道接下來是飲料店的離峰期，終於可以休息一下下了。

到底誰會考上呢？

休息時間的話題不可免的從詐騙電話開始，但為了怕奶奶傷心，沙沙亞亞慢慢的又轉回白小姐和黑小姐身上。白小姐和黑小姐是波波麗的常客，每天早上都會來買飲料。

奶奶，根據你的觀察，誰會考上這一期的空中小姐？

嘖嘖嘖，是冷靜高貴的白小姐？
還是熱情可愛的黑小姐？

這兩位小姐都各有優缺點，我要是主考官，我一定讓她們全都考上。
不行，只有一個名額。
我猜是白小姐。
嘖嘖嘖，我也是猜白小姐。
為什麼？我瞧著黑小姐也挺好的啊！

因為白小姐年紀大一點，又準備多年了，應該讓她先考上。

因為白小姐比較美，輕聲細語的，比較像空中小姐。

珠奶奶唔了一聲，「你們不可以犯『以貌取人』的毛病喔！當空中小姐最重要的是親切的態度和熱誠的心，我覺得兩位小姐都很符合，都很棒。」

沙沙撇了撇嘴說：「可是，奶奶你的答案等於沒有答案嘛！」

珠奶奶沒好氣的笑著：「哈哈，那也是一種答案啊。好了，討論時間結束。現在大家幹活兒去吧。」

白小姐和黑小姐目前都上同一個補習班，
都在為同一種考試而努力。從小，她們就夢想著
當空中小姐——那是她們最喜歡也覺得最適合的工作，
所以，她們積極準備，希望能完成夢想，一次成功。

Let's Fly

空中小姐的補習班要上什麼課程呢？

語言課、美姿美儀課、機上危機處理等等。上課雖然辛苦，不過，為了充實基本知識，增加專業技能，兩位小姐都不以為苦。

手勢練習
外語課程
緊急應變

白小姐認識黑小姐；黑小姐也認識白小姐，以前她們曾經是朋友，不過，現在因為要參加同一種考試，她們的關係從朋友變成了對手。每次見面，只是簡單點頭問好，並不會在一起熱絡聊天。

幸好，她們都和珠奶奶維持著不錯的關係；珠奶奶也真心喜歡這兩位努力追求夢想的女孩。

WE WANT YOU!
- AIR POPO 空服員全面招募中 -
AIR POPO

有特色的飲料

有一天早上，白小姐晚了五分鐘出門，黑小姐早了五分鐘出門，兩位小姐意外的在十點零五分時，在波波麗的店門口相遇。

兩人見面都有些尷尬。各自點完飲料後，白小姐坐在椅子上看著自己帶來的書；黑小姐站在店門口拿出英文卡片背單字。

珠奶奶出來了，看到兩位小姐同時出現，有些驚喜，她高聲笑著說：「唉呀，今天真是好日子，難得兩位小姐同時來到我的店裡，太巧了，今天的飲料，奶奶請客。」

兩位小姐都笑著點點頭。

「不過，你們得坐下來在這兒喝才行。」奶奶語帶玄機的說。

兩位小姐聽了，互看一眼，為難的搖搖頭：「奶奶，不行，我們要趕十點半的課呢。」

「放心，不會耽擱太久的。一定會讓你們準時上課。」奶奶跟亞亞做了個加快的手勢，就把兩位小姐帶到店內的空位坐下。

考試日期快到了吧？
我記得好像再過十天就要考試了，
心情如何？
還好，就維持平常心。
好緊張啊，緊張到睡不著覺。

奶奶沉吟一會兒說：「聽說這一期空中小姐，只錄取一位，如果沒有考上，怎麼辦？」奶奶開門見山的問。

我的經驗比較少，
如果考不上也沒關係，
考試也是一種學習，
多考幾次，下次就會
更得心應手了。

這時，飲料送上來了，一紫一白的飲料，看起來真是漂亮。

「你們真是可愛，一個點水蜜桃牛奶冰沙，一個點葡萄牛奶冰沙，好一段日子了，都不改變口味，都是忠實顧客。」奶奶接著說：「但是，你們知道這兩杯飲料哪一種比較受歡迎嗎？」

兩位小姐搖搖頭。

「這兩種飲料，水蜜桃以香氣取勝，葡萄的營養價值高，各有特色，來店的客人都是視自己的情況，點自己喜愛的飲料，其實根本不存在『比較』的問題。」

飲料店最重要的工作，就是要把飲料的特色做出來。

只要有特色，找到適合的客人，那麼，這款飲料的銷售量就高了。

所以，沒有人點的飲料就很難喝，很差嗎？當然不是。那是客人的口味問題。
只要飲料有特色，有朝一日，自然會有喜愛這種口味的顧客上門。

奶奶一說完，兩位小姐你看我，我看你，好像聽懂了什麼，又好像沒聽懂。

過了一分鐘，白小姐先點頭說：「謝謝奶奶，您說的話，我聽懂了。」

過了兩分鐘，黑小姐微笑說：「奶奶，謝謝您，您的話，我記住了。」

「好啦好啦，懂了就好，記住了也好，快去上課吧，奶奶年紀大了，就是喜歡嘮叨，不要介意啊。」奶奶揮揮手說。

兩位小姐拿了飲料轉身就走。

突然，白小姐轉過來看了黑小姐一眼，說：「唉呀，你的襯衫領沒有翻正，我幫你整理一下。記住，空中小姐的第一個要求就是妝容整齊，你得隨時隨地留意喔。」

黑小姐一時間有些訝異，但她馬上恢復笑容，甜甜的回應。

意外發生

考試的日子來臨了。經過初試、複試，終於來到最後一關：口試。

因為白小姐黑小姐認真準備考試，終於在三十位應考者中脫穎而出，進

入了最後一關。

兩位小姐很開心，也很緊張；在這最後一關裡，兩位只能錄取一位，誰都不想輸，誰都想拿下期待已久的「空中小姐」的職缺。

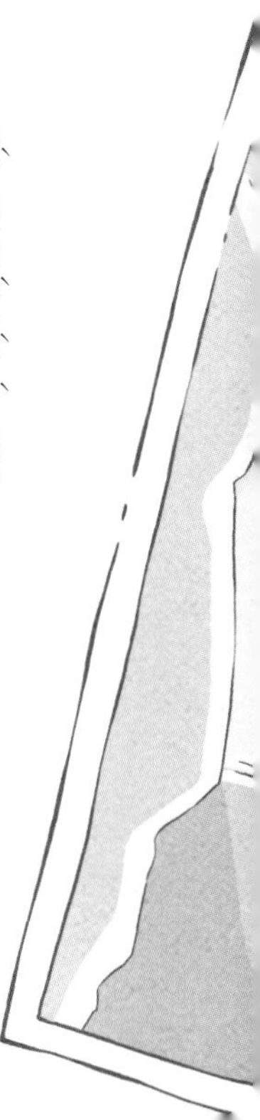

口試前，有半小時的準備時間，白小姐複習完注意事項後，拿出隨身化妝包，補了點妝；蹲下身去，正想要把鞋子擦乾淨時，突然間，她頭上的髮帶斷了，一頭長髮披散下來！

「糟糕，頭髮沒有按規定綁好，儀容是會不及格的。」白小姐摸摸散亂的長髮，十分焦急。她趕快拿出包包來，想要找出一條備用髮帶，但是越慌張，越找不到；越找不到，越慌張。

斷裂！

時間只剩下三分鐘了，三分鐘一到，白小姐如果沒有進入口試室，這場面試她就輸了；但如果她披散著一頭亂髮進口試室，這場面試，一樣輸了。

!?
怎麼辦，沒想到努力這麼久，
竟然因為一條髮帶前功盡棄！
翻找
鶴姐姐，這條髮帶拿去用吧！
面試時，儀容是很重要的，鶴姐姐快點整理頭髮吧。

「可是，現在我是你的對手，你幫了我，就等於對你自己不利啊！」白小姐訝異的說。

黑小姐把髮帶放在白小姐的手中：「不要管什麼對手不對手吧。以前，鶴姐姐曾經幫助過我；現在，鶴姐姐有需要，我當然應該出手相助。」

在黑小姐的協助下，白小姐順利的綁好頭髮，
口試室
接著，就被叫進口試室了。
十分鐘後，換黑小姐進去。完成口試的兩人，都有如釋重負的感覺。
口試室
最後，要宣布結果了。

老鷹主考官把兩位小姐叫進來，他要當面宣布甄選結果。
辛苦了，兩位小姐，
非常感謝兩位小姐來參加甄選，兩位小姐的表現都很好，
事實上，是一樣的好，這讓我們評審有些頭痛，不知該選誰。
…

本來，有評審建議，
兩位全部入選；
但也有評審堅持
只能選一個。
如果只能
選一個的話，
不知道
有沒有哪位
願意退讓？

老鷹主考官的話，讓兩位小姐有些訝異。考試本來就是要積極爭取的，哪有人會努力到最後關頭卻自動退出？

一時間，室內的氣氛很尷尬。

這個問題對你們而言，
確實有些為難。
其實，我也是可以不用理會你們的想法，
直接公告錄取的人。
室內氣氛還是很安靜。

如果沒有人退讓，
那麼，我就——
我建議，
你們就錄取黑小姐吧。
……
為什麼？

其實我根本沒有資格坐在這裡，
口試時我的髮帶斷了，儀容不及格，若非黑小姐及時幫忙，我早就被淘汰了。
既然你們只能選一個，就選她吧。
…
我建議你們選白小姐吧。
她經驗豐富，行事沉穩。我年輕，還有其他的機會。

主考官對於兩位小姐的答案感到驚訝，大笑起來！

「沒想到，你們兩個竟然都選擇退讓，推薦對手？太妙了、太妙了，考試多年，我還沒看過這種情形啊。」

看到主考官竟然笑出來，兩位小姐有些不知所措。

「你們知道十分鐘前，我們的評審結果是什麼嗎？」主考官問。

兩位小姐搖搖頭。

主考官拿出一張紙，
打開給兩位小姐看。
紙上寫著……
錄取備註
兩位相爭，只取一位；
兩位相讓，全部錄取！

主考官說：「空中小姐最需要的就是為別人設想的心。剛剛的討論中，本來就有評審建議，全都錄取；不過，也有評審表示還是要考驗一下，看看誰最會為別人設想。沒想到，你們兩個竟然全部過關了。太棒了。」

一聽到主考官的宣布，
白小姐黑小姐緊緊擁抱，激動的流下淚水。

這天傍晚，黑小姐白小姐
同時來到珠奶奶的飲料店。
當大家知道兩位小姐同時錄取了空中小姐時，
都高興得鼓掌叫好。
以後，我們不僅是好朋友，
也是好同事啊！

所以今天要喝什麼飲料，照舊嗎？
不！
不，今天我要改喝紫葡萄牛奶冰沙。
今天我也要改喝水蜜桃牛奶冰沙。

奶奶笑著說：「是嘛，是嘛；飲料要換著喝，才會知道它的好；人要相處，才會知道他的妙。」

謝謝珠奶奶說的那番話。
謝謝珠奶奶照顧我們。
以後，就要換你們照顧我了。
啊？

因為……
奶、奶、好、害、怕、坐、飛、機、啊！
波波麗珍珠奶茶店

蛇瑪莉阿姨信箱

認識自己、喜歡自己、活出自己

蛇瑪莉阿姨好：

空中小姐的工作是不是只有服務搭乘飛機的乘客呢？我長大也很想成為空中小姐，是不是每個人都可以勝任空服員的工作？

身高120公分的小高

空中小姐的工作不只是在機上服務乘客而已，我們一起來看看空中小姐的工作還有哪些吧！

① 協助旅客登機

AIR POPO

BOARDING PASS //

② 進行安全指導與檢查

AIR POPO

BOARDING PASS //

⑤ 遇到緊急事故時協助旅客迅速安全撤離飛機 AIR POPO

各位旅客請勿驚慌！
解開安全帶，到這邊，跳下去！

BOARDING PASS //

③ 協助提供飲料、餐點 AIR POPO

BOARDING PASS //

蛇阿姨的小考驗

搭飛機出去玩的時候，會攜帶很多行李，請找一找左右兩口行李箱中五個不同的地方。

④ 提供旅客旅行常識與簡單的醫務協助 AIR POPO

外國人入境紀錄
DISEMBARKATION CARD FOR FOREIGNER

BOARDING PASS //

二 一隻名叫網紅的貓

波波麗珍珠奶茶店
POPOLI

網虹的目標

網虹是一隻貓。一隻矮小精壯的虎斑貓。因為他的尾巴上有細細的網狀花紋，中間夾雜幾撮多彩的毛色，像彩虹一般，於是，「網虹」這個名字就被叫開了。

網虹最怕別人問他一句話：

網虹啊，你想要去當網紅嗎？

網紅？這是什麼職業？他可搞不清楚。

網虹從小到大最大的夢想就是當運動選手。
他很會跑步，
球類也很拿手，
體力耐力肌力更是嚇嚇叫！

但是他
很容易受傷……
不是手骨折，
就是腳扭傷。
一旦受傷就得休息調養，
跟不上原有的訓練課程，
網虹覺得這樣下去也不是辦
法，於是慢慢的，他就放棄
這個當運動員的夢想了。

既然大家都問他要不要當網紅，網紅忍不住想：也許這個職業很適合我。他決定去找珠奶奶討論一下。

網紅最愛喝波波麗珍奶店的「蛋黃咕嚕奶茶」了，這是珠奶奶為他做的特調飲品：溫熱的奶茶中，再打上一顆花啾鳥的蛋。一定要花啾鳥喔，小巧清香的蛋，浮在溫熱的奶茶上，既好看又好喝，網紅百喝不厭。

喝完半杯奶茶，網虹問珠奶奶：「奶奶，什麼是網紅呀？」

奶奶笑著說：「網紅呀，這可是目前最時髦的行業了。拍下自己的生活點滴，再上傳到網路上，看是要介紹好吃的、好玩的、或

是唱歌、跳舞、說話、講理，只要內容新奇有趣，能吸引觀眾的注意，收看的人數多，那麼，他就是網紅了。」珠奶奶打開手機，找到了幾個網紅的頻道，讓網虹收看。

網虹看了幾個網紅的表演，看得目不轉睛。

他想著：「原來當網紅這麼簡單？只要唱唱歌、跳跳舞、說說話就行，那麼，我也會。」

奶奶似乎是看穿網虹的心意，接著說：「看起來很容易，是吧？事實上並不簡單喔，每一次的表演都要事先準備，內容也不能重複，重點是一定要創新，有笑點，有賣點。能夠不間斷的做這樣的事，要有過人的創意和持續力喔。」

唔，是不容易；
不過，感覺挺有趣的。

沙沙看網虹很專注的樣子，突然說：「嘿，網虹，該不會，你真的想當網紅吧？」

網虹瞬間紅了臉，結結巴巴的說：「嗯…是…想……試試看。」

「那就去試呀！」珠奶奶拍了一下網虹的肩，「年輕人，多嘗試沒什麼不好的。只要不做壞事，任何工作都會增加你的眼界和經歷。」

兩隻小豬也圍過來興奮的說：「網虹，試試看吧。你

的節目開張了可要告訴我們，
我們會當你的忠實粉絲。
加油、加油。」

喵喵喵的網虹世界

三天內，網虹備齊了所有的準備工具，包括手機和各種錄影設備。一個星期內，他摸熟了這些設備的用法；一個月後，他的頻道就開張了：**喵喵喵的網虹世界**。是的，網虹打算帶著他的觀眾們去看貓咪眼中的世界。

網虹唱歌
網虹講笑話
網虹跳舞
網虹猜謎

一個星期過去了，收看的人數寥寥可數，網虹有些氣餒。
喵喵喵的網虹世界
訂閱人數：15 人
初試啼聲！網虹最愛的5首流行歌翻唱！！
觀看次數：20次

唉呀，唱歌跳舞都過時了，現在最流行的是大胃王，
要吃很多的東西，吃很新奇的東西，這樣才能增加點閱率啊。
可是，我的食量並不大啊！
你只要想著「我一定吃得完」，就會把食物吃完啦！
吃東西也是需要恆心和毅力嘛。
聽了沙沙和亞亞的建議，網虹決定試試看「大胃王」網紅。

第一次，他準備了五個圓形披薩。網虹最愛吃披薩，不過，他的最高紀錄只能吃完三個披薩。網虹想，只是多兩個而已，撐一下，應該可以把五個全吃完的。

網虹錯了。

吃完三個披薩，他已經飽了，他勉強吃下第四個，接著再吃第五個——

1
2
3
4
5
喔喔，不行——
網虹吐了。

網虹從沒吃過這麼多的食物，他的身體受不了。

他在鏡頭前面大吐特吐，把許多觀眾都嚇跑了。

很多人在底下留言說：

「吃不下就不要硬吃嘛！當什麼大胃王？」

「害我看到披薩就想吐。」

「大胃王不適合你，請轉行吧。」

網虹嘆口氣，他再也不想當大胃王了。

吃不下就不要硬吃嘛！
當什麼大胃王？
20秒前
害我看到披薩就想吐！
18秒前
大胃王不適合你，
請轉行吧！
17秒前
拜託！這樣就不行了嗎？
我都比你厲害！
15秒前
現在網紅都這種素質？
10秒前
不要讓我家小孩看到，
有夠噁心！
5秒前
要不要考慮把頻道刪了？
3秒前
直播中

聽說做一些「新鮮的事」點閱率會比較高！
開箱玩具怎麼樣？我最喜歡看開箱玩具了，超有驚喜感的。
那要怎麼做？
簡單，去玩具店訂一箱玩具，然後，玩給大家看就行了。

這個點子似乎很不錯。網虹在心裡仔細的打著算盤：

既可以玩玩具又可以衝點閱率，一石二鳥，好主意！

網虹找了幾家玩具店，買了一些他從沒玩過的玩具，宅配到家。

開箱時間到了，他興奮的在鏡頭前面打開玩具……

哇，是一個配備新穎的……
機器人啊！
超限量!!
RAPO ROBOT
拉寶機器人－全新宇宙款

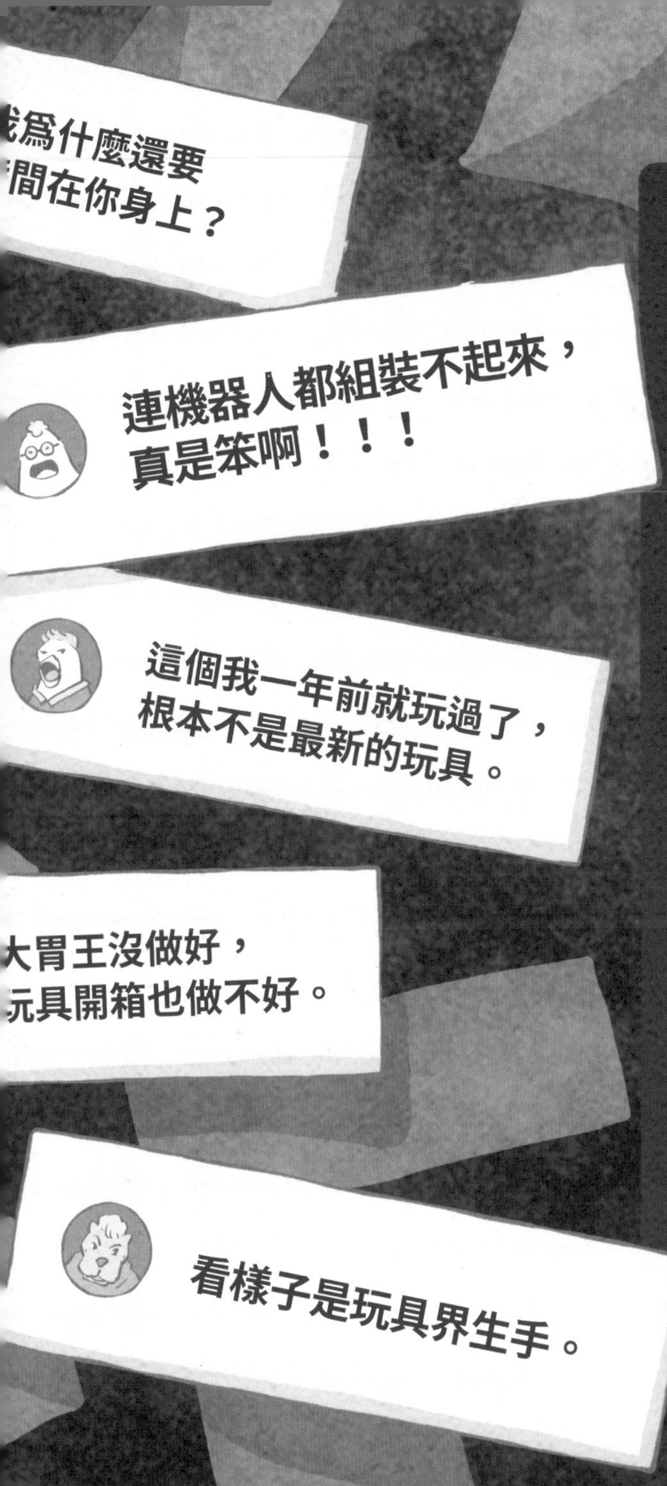
爲什麼還要
間在你身上？
連機器人都組裝不起來，
真是笨啊！！！
這個我一年前就玩過了，
根本不是最新的玩具。
大胃王沒做好，
玩具開箱也做不好。
看樣子是玩具界生手。

網虹手忙腳亂的組裝機器人，不過，因為沒經驗，組裝了好久，機器人還裝不起來，一些留言馬上湧入……

好了啦！頻道關一關吧！
哇！好厲害！
幾個零件也能用這麼久！
你到底爲什麼覺得自己
這方面的天分呢？
以爲叫網紅就眞的是
網紅嗎？別笑掉大牙了！
止我，我需要冷靜
一直想罵他！
時間在這傢伙
起閃人比較好～

第一次開箱玩具就遇到挫折，網虹覺得好沮喪。

第二次，他玩了新式遙控賽車，不過，因為不熟悉，竟然玩到翻車；接著，他又玩了磁鐵積木、拼圖、廚房家家酒、益智方塊遊戲等，點閱率雖然有些上升，但因為狀況百出，組裝不對，玩具也不是最新型的，留言裡出現了一些不好聽的批評。

看到這些惡意的留言，網虹真是氣炸了。

他想，花大把金錢買玩具、玩玩具還要被別人罵，真是吃力不討好。
算了，再也不開箱玩具了。
P-1

心灰意冷的網虹到波波麗珍奶店裡喝「小小豬珍珠奶茶」，看到他愁眉苦臉的神色，珠奶奶和兩隻小豬都能理解他的心情，好聲好氣安慰他。

好的留言像花香，壞的留言像臭屁。
有人就是喜歡放臭屁，遇到這種人，暫時停止呼吸，不聞就是了。
對嘛對嘛，
聞多了臭屁，壞了自己的心情，多划不來。
POPOLI

「可是，看到這種留言，心情真的會大受影響，我已經很認真努力在做事了，偏偏就有人喜歡說些難聽的話，讓人看了好難過。」網虹低下頭。

「嘴，長在別人臉上，我們管不得；耳朵，長在我們臉上，我們可以隨時關起來。想

好了啦！頻道關
次大胃王沒做好，
次玩具開箱也做不好。
連機器人都組裝不起來，
真是笨啊！！！
以它叫網虹就真的是
網紅嗎？別笑掉大牙了！
看樣子是玩具界生

當網紅的另一項重要考驗，就是不要在乎這些惡意的留言啊。」珠奶奶說。

網紅苦笑著：「奶奶，好難啊。」

「要是不難，怎麼算是考驗呢？」

奶奶拍了拍網紅的肩。

網紅一口氣喝光飲料，發現杯底的幸運葉。

「咦，為什麼叫我出門呢？」網虹把葉子吞進嘴巴裡嚼了嚼。

「怕你待在家裡太悶吧。」沙沙說。

「好，那我馬上出去走走、來個新嘗試吧。」網虹堅定的說。

「什麼新嘗試？」奶奶問。

「我想拍照。」

「拍照？是拍美的照片還是醜的照片？」亞亞問。

「當然是拍一些難度很高的照片啊，這樣才會刺激點閱率！」

小命重要還是拍照重要？

象鼻山是這個城市郊外有名的遊覽勝地，山勢陡峭，風景壯闊，遊客絡繹不絕。

象鼻山最吸引人的地方在於大彎象鼻，那是一個地勢奇絕的登山峽道，要能順利攀登上峽道，並不容易；但也因為難度高，反而吸引更多登山客前來挑戰。

如果能在大彎象鼻的峽道上拍下自己登山的英姿，
再上傳出去，這樣的照片一定會刺激點閱率的。

於是，網虹買好裝備，單槍匹馬的來到象鼻山上，準備完成他的絕世美照。

今天天氣好，象鼻山的遊客很多，但是走到大彎象鼻的遊客卻很少。網虹仔細踏著腳上的步伐，攀著鎖鍊，慢慢的爬上象鼻步道，步道非常窄細，一不小心掉下去，可不是開玩笑的。

終於來到象鼻步道最窄的地方，
網虹空出手，拿出手機和自拍棒，
正準備自拍時，他突然看到前面
一位狐狸小姐，
光顧著拍照……
啊，她要跌下去了！

狐狸小姐一時疏忽，跌落山徑，
但幸運的及時抓住一叢野草，大聲呼救。
救命啊，誰來救我呀！
網虹馬上放下攝影用具，上前幫忙。
他拉著狐狸小姐的手，使盡全力，
終於將狐狸小姐拖上步道來。

唉呀，好可怕。
非常謝謝你的幫忙。
不過——
還可以請你再幫我一件事嗎？
什麼事？
幫我拍個照好嗎？
一定要拍到大彎象鼻，還有我。
等一下，我先擺好姿勢——
好了，你可以拍了，要把我拍漂亮一點喔。
…
網虹真是哭笑不得。

他知道這位狐狸小姐一定是位網紅，和他一樣，專程來拍張絕世美照的。不過，她的命差點就沒了，竟然只想著拍照，到底是照片重要，還是小命重要呢？

把狐狸小姐安全的帶離大彎象鼻後，突然，網虹又聽到有人在呼喊。

網虹四下尋找，終於在斜坡上看到一隻年輕的斑馬動彈不得。網虹拿出背包裡的繩索，丟給斑馬，然後用盡全力慢慢拉，花了一些時間，才將斑馬拉上來。

斑馬獲救以後，
並不急著向網虹道謝，
反而是拿出手機，
開起鏡頭做直播。
是的，這個大彎象鼻真是太危險了，
剛剛我不小心跌落到邊坡，

網虹在旁邊聽著，忍不住搖頭，又是一個網紅——而這個網紅，說話還不老實呢。

那天，網紅總共救了三個網紅，都是想要來拍照，並且都希望能一炮而紅。

網紅對這些人的行為不太能理解，他想著：「為了求一炮而紅，連命都不要了，爆紅有這麼重要嗎？點閱率有這麼重要嗎？他們究竟搞不搞得清楚什麼才是重要的事啊？」

網紅嘆口氣：「算了，別想了。象鼻山這麼危險的步道，居然連個管理人員都沒有，真是奇怪。不過，出來走

走路，心情真好，以後，一定要常來這兒爬山，鍛鍊體力。」

網虹本來就是個運動好手，只是因為容易受傷，不得不放棄。現在重新感受到流汗運動的喜悅，他決定每天都來象鼻山走走。

雖然，他也努力想要拍下自己在大彎象鼻的英姿，不過，他總是拍不成。常常在要拍照時，這邊救了一個登山客，那邊救了兩個網紅；有一次，他還救了花狼家族一家四口呢，這些事可把他忙壞了。

沒想到，網虹卻意外的紅了。

因為他救的網紅都想要感謝他，要求和他拍照，靠著這些網紅的宣傳，他「救難英雄」形象也逐漸紅了起來。

雖然還不能和真正的網紅相比，但也是稍有「知名度」了。

有一天，象鼻山登山管理處的人來拜訪網虹，他們希望網虹能答應擔任象鼻山的巡山員工作，除了隨時救援發生意外的登山客外，更積極宣導安全登山、保護山林等工作。

網虹只考慮五分鐘，就決定接下這個工作。

原因非常簡單——

「紅」的感覺
雖然很好，
不過，救人的
感覺更棒！
我喜歡幫助別人，
那種發自內心的感謝，
才是我一生努力的目標。

喵喵喵的網虹世界突然間停擺了，再也沒有新的節目和新的照片，沙沙亞亞雖然覺得失望，但也為網虹找到新工作開心不已。

這天，網紅又來到波波麗喝珍奶，聊起他巡山員的工作，網紅口沫橫飛，講了一個小時都講不完。

珠奶奶笑著說：「網紅啊，看起來，巡山員這個工作真的很適合你呢。當初不應該叫你去當網紅的。」

「奶奶錯了，」網虹說：「我是因為當了網紅後，才知道自己更適合當巡山員的。」

「**喵喵喵的網紅世界**確定關了嗎？」沙沙問。

「確定關了。巡山員的工作太忙，我無法兼顧。」網虹笑著說：「不過，世界上的網紅那麼多，不差我一個；但象鼻山的巡山員，少了我可不行！」

亞亞比了個「讚」的手勢。

奶奶，我今天來還有一件特別的事情。
？
網虹的神情嚴肅起來。
我以前曾聽你提過，你走失的孫子名叫朱古大，
三歲時走失，現在的年紀是十歲大，他是一隻摺耳豬，是嗎？
是的。
你為什麼會提這件事？

有一天，我在象鼻山上協助登山客時，
忽然聽見一名登山客在叫喚他的兒子——
朱古大！

「我一聽見是朱古大，馬上追上前去，沒多久就追到他了。我仔細打量那個朱古大，是一個十歲左右的小男生，十分活潑可愛。我趁機好好察看他的耳朵——你們知道嗎？耳朵上竟然有摺痕——也就是說，他是隻摺耳豬呢！所以，我就請他的家人留下電話地址。也許，奶奶，你願意去拜訪他們？」

我當然願意。
沙沙，
有！
亞亞，
請說！
員工專用
POPOLI
小小豬珍珠奶茶
好運上市！
我們明天
不做生意了，
POPOLI
一早就出發。
敬請期待第三集

蛇瑪莉阿姨信箱

蛇瑪莉阿姨好：

現在網紅有很多，好像只要有一支手機就可以當網紅，當網紅真的這麼容易嗎？只要拍影片就可以賺很多錢嗎？

想成為網紅的國小生

網紅的意思是網路的紅人，至少要有很多人喜歡才能稱得上網紅。要成為一個被大家喜歡以及關注的網紅絕對不是一支手機就夠嘍！一起來看看吧！

設計主題及腳本

步驟 STEP 1 資料蒐集

步驟 STEP 2 準備道具與彩排

蛇阿姨給小朋友的話

不管什麼工作都需要經過努力付出才會有收穫，那些知名的網紅工作看似簡單且光鮮亮麗，但背後的努力，以及對於被批評的耐挫力都很驚人，而且要承擔短期未必馬上能賺到錢的風險，不是我們想的那麼簡單。如果小朋友想要成為網紅，可以多去了解他們工作的所有流程，或許會有不同的想法喔！

閱讀123